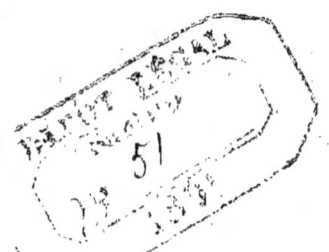

ODES & STANCES

POÉSIES LYRIQUES

1871 — 1880

LE MANS

IMPRIMERIE CH. BLANCHET

6, RUE GAMBETTA, 6.

ODES & STANCES

~~~~~

POESIES LYRIQUES

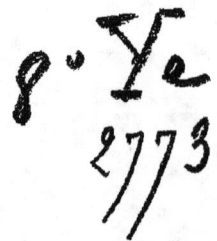

ODES & STANCES

POÉSIES LYRIQUES

1871 — 1880

LE MANS

IMPRIMERIE CH. BLANCHET

6, RUE GAMBETTA, 6.

LA STATUE DE VERCINGÉTORIX

Au capitaine D. de Dinechin.

Il regarde, appuyé sur sa terrible épée,
La plaine où ses soldats sont tombés par milliers,
Terre de sang humain profondément trempée,
Où le hoyau rencontre encor des boucliers.

Il est sombre et farouche! on voit que sa pensée
D'un peuple tout entier supporte le destin :
Par l'angoisse et le deuil sa poitrine oppressée
Soulève à la briser sa cuirasse d'airain!

Le vent du Nord qui vient fouetter son visage
Semble encore agiter ses longs cheveux flottants;
Mais il reste debout, toujours fier et sauvage,
Comme lorsqu'il fixait cent mille combattants.

Oh! quel feu de volcan bouillonnait dans son âme
Quand il vit succomber les fils des vieux Gaulois;
Quand, dans une cité que la misère affame
Il se sentit vaincu pour la dernière fois!

Lui, le fils de Celtill, lui dont jamais la bouche
N'avait connu les mots qui demandent merci,

Il devait s'en aller, baissant son front farouche,
Dire au vainqueur : César, je suis esclave aussi !

Ses soldats étaient là devant lui, tristes, mornes ;
Sur leurs lèvres courait un sourire fatal :
De l'honneur, de la mort ils mesuraient les bornes,
Et se parlaient tout bas d'un accent sépulcral !

Cependant, le matin, enivrés d'espérance,
Sans compter l'ennemi, ni craindre son effort
Ils saluaient déjà la grande délivrance
Comme l'aigle captif qui va prendre l'essor !

Au-delà des Romains entassés dans la plaine,
Au-delà des fossés et du triple rempart,
Une armée arrivait et sa masse lointaine
Ondulant sur les monts, défiait le regard.

Les Carnutes venaient des rives de la Loire ;
Les Pictes, les Turons avaient mêlé leurs rangs
Pour arracher au ciel la suprême victoire,
Pour venger les aïeux et les dieux expirants !

La voix du jeune chef avait été comprise,
Et dans toute la Gaule on avait répété :
Levons-nous et marchons! allons sauver Alise !
Mourons pour la Patrie et pour la Liberté !

Mais il fallait que Rome achevât sa carrière ;
Et son cœur orgueilleux tressaillit en ce jour,
Car une nation à l'âme noble et fière
Du nombre des vivants s'effaçait pour toujours !

Une horrible clameur passa dans la vallée.

Les glaives au soleil jetèrent mille feux;
La trompette mugit, et la terre, ébranlée,
Fit entendre un bruit sourd dans ses flancs ténébreux !

Bientôt le sang coula de terribles blessures,
Le râle des mourants s'unit au bruit des coups,
La voix rauque des chefs, le fracas des armures,
    Monta vers les cieux en courroux !

Vingt fois les bataillons sortirent de la ville
Pour ouvrir aux sauveurs un plus large chemin;
Mais le destin rendant leur courage inutile,
    Ils frappaient et mouraient en vain !

Sur les pieux aiguisés comme des fers de lance,
Ils venaient déchirer leurs bras ensanglantés;
Et les prétoriens défiaient leur vaillance
    Contre tous les traits abrités !

Longtemps ce fut l'espoir qui guida tous ces braves,
Longtemps ceux qui tombaient, dirent: Je suis vainqueur...
Puis ce fut la fureur, la honte d'être esclaves,
Puis vint l'abattement et la morne stupeur.

Enfin, quand la déroute eut rompu les cohortes,
Quand les rangs décimés se furent entr'ouverts
L'ennemi triomphant s'avança jusqu'aux portes,
    Le cri joyeux de l'aigle éclata dans les airs !

O Vercingétorix ! je te vois à cette heure,
A ce moment suprême où l'on sent tout perdu,
Où la patrie en deuil se désespère et pleure
Où par ses longs sanglots on a le cœur fendu !

Un moment dans ta main tu serras ton épée
Et tu la fis sortir à demi du fourreau;
Déjà du sang du cœur tu la voyais trempée,
Puis tu dis : non! j'aurai la hache du bourreau!

De ton vaillant coursier tu saisis la crinière,
Tu lui meurtris les flancs avec tes éperons;
Et quittant sans retard la cité prisonnière,
Tu foulas les débris sanglants des escadrons :

César était assis, attendant en silence
Que ton fier champion vînt dire : Je me rends!
Et les siens regardaient d'un air plein d'insolence
Les remparts d'où sortaient mille cris déchirants,

Mais ton regard de feu fit baisser sa paupière,
Et les centurions tressaillirent d'effroi
En te voyant venir sur ton cheval de guerre
        Qui d'orgueil se cabrait sous toi !

Tu jetas un dernier coup-d'œil vers la colline,
Puis livrant ton épée et ton casque au vainqueur,
Muet, tu te croisas les bras sur la poitrine
Abaissant son orgueil par ta fière douleur.

. . . .

Il regarde, appuyé sur sa terrible épée,
La plaine où ses soldats sont tombés par milliers,
Terre de sang humain profondément trempée
Où le hoyau rencontre encor des boucliers.

Pendant que l'ouragan déchaîne sa furie
Et que le vent d'hiver pleure dans la forêt,
Incessamment battu par la neige et la pluie
Il reste là debout, immobile et muet !

Pourtant, on dit qu'un jour le héros solitaire
Détourna son regard de la plaine et des monts,
Son front s'illumina d'une fauve lumière,
Un cri vint ébranler l'acier de ses poumons !

Il étendit la main en brandissant son glaive,
Et repoussa du pied le socle de granit,
Comme un homme, accablé par la stupeur du rêve,
Se redresse au moment où le sommeil finit.

O honte ! L'Allemand errait dans la campagne.
Le feu de ses bivouacs illuminait la nuit
Et les uhlans joyeux gravissaient la montagne
        Pour parader autour de lui !

Alise, 27 octobre 1879.

LA FÊTE DES MORTS

A Madame Haëntjens.

Il est nuit... la neige qui tombe
Et s'amoncelle lentement,
Fait du sol une large tombe
Couverte d'un grand linçeul blanc.

Tout se tait au loin dans la plaine!...
Ni bruit de pas, ni bruit de voix...
Un souffle léger courbe à peine
Les arbres dépouillés du bois.

C'est l'heure du repos, des douces causeries,
L'heure où vers le foyer on aime à se presser,
L'heure des longs récits des longues rêveries,
Où tout un avenir à nos yeux vient passer.

C'est l'heure où le savant, pour redevenir père,
Ferme enfin son vieux livre et rend son œil plus doux,
L'heure où le dernier né revient près de sa mère,
Courbe son beau front d'ange et dort sur ses genoux.

Mais ce soir, on se tait!... Pas de jeux de famille,
De francs éclats de rire et de joyeux ébats...

On n'entend que le feu qui crépite et pétille,
Et la cloche qui sonne un glas.

On écoute et l'on se regarde...
On sent ses membres frissonner...
C'est à peine si l'on hasarde
Un mot qu'on a peur d'achever !

Pourquoi donc vibre-t-elle encore
Dans son vieux beffroi sombre et noir?
Pourquoi sa voix grave et sonore
Se fait-elle entendre ce soir?

D'une foule humble et recueillie,
Nombreuse comme aux plus saints jours,
La nef quatre fois s'est remplie,
Et la cloche sonne toujours!...

C'est la fête des Morts! Oui, les morts qu'on oublie,
Les morts dont le tombeau loin de nous se fait noir,
Les morts sur qui jamais un genou ne se plie,
C'est leur voix qu'on entend ce soir !

On l'entendrait souvent cette voix sombre et sourde,
Si près de leur cercueil on allait écouter ;
Si, lorsque du tombeau la pierre devient lourde,
On ne les laissait pas en vain se lamenter.

Toujours quelqu'un se plaint dans la funèbre enceinte,
Toujours quelque oublié fait remuer sa croix;
Mais ce soir, tous ces cris ne font plus qu'une plainte,
Toutes ces voix de morts ne font plus qu'une voix !

C'est l'époux qui demande à l'épouse infidèle :

Où sont tes vains sanglots, où sont tes vains serments !
Hélas ! de beaux enfants folâtrent auprès d'elle,
    Et ce ne sont pas ses enfants !...

C'est le père irrité qui dit à sa famille :
Vous voici réunis près du même foyer,
La joie est sur vos fronts, le feu rit et scintille...
Oh ! vous êtes heureux, pourquoi donc m'oublier ?...

C'est la voix d'une mère !... une mère qui pleure...
Déjà sur cette terre elle avait bien pleuré...
Mais des bruits de plaisir lui viennent à cette heure,
    De son foyer déshonoré !

Oh ! la cloche des morts ! que de cris, que de plaintes
Elle jette ce soir aux quatre vents des cieux !
Que de sanglots confus dans ces notes éteintes !...
Que de pleurs dans ce glas lent et mystérieux !...

A ces morts oubliés donnons une pensée...
Rendons-leur parmi nous la place d'autrefois ;
Laissons-les s'arracher à leur tombe glacée,
    Laissons parler leur grande voix !...

Laissons parler les morts !... Bientôt notre paupière
Ainsi que leur paupière au jour se fermera,
Comme eux nous dormirons sous une lourde pierre,
    Et comme eux, on nous oublîra.

Comme eux, nous entendrons les clameurs de l'ivresse,
Les notes des concerts emportés par les vents,
Les festins, les banquets où la foule se presse
Et tous ces bruits joyeux qui charment les vivants !

Comme eux, nous attendrons avec impatience
Un pas dont le doux bruit console notre cœur ;
Mais rien autour de nous ne rompra le silence,
    Que la bêche du fossoyeur.

Oh ! souvenons-nous donc afin qu'on se souvienne !
Les morts à qui l'on pense ont un sommeil plus doux...
Donnons, pour qu'on nous donne, allons, afin qu'on vienne...
Parlons d'eux, pour qu'un jour on parle aussi de nous.

Mettons-nous à genoux, disons une prière,
Et les anges viendront visiter leur sommeil.
Et leur nuit brillera du rayon de lumière
    Qui présage le grand réveil !...

2 novembre 1876.

SOUVENIR CLASSIQUE

—

Quand Pandore entr'ouvrit l'asile redoutable
Où le destin tenait tous les maux renfermés,
Ces noirs oiseaux de nuit, dans un vol effroyable,
Planèrent au-dessus des humains consternés.

Cependant, tout au fond, demeurait l'espérance,
Rayon divin qui seul peut éclairer la nuit,
Baume mystérieux qui calme la souffrance,
Qui dore l'avenir et nous fait croire en lui.

Mais quand l'homme aujourd'hui veut sonder le mystère,
Lorsqu'entr'ouvrant son cœur, il se penche pour voir :
C'est le mal qui demeure et l'étreint dans sa serre,
    Celui qui s'enfuit c'est l'espoir!

Dijon, 1873.

A UN JEUNE HOMME

A. Monsieur P. E...

Vous croyez que la vie est une coupe pleine
Où vos lèvres de feu boiront sans l'épuiser,
Une fleur du printemps qui donne son haleine
Et dont l'homme s'enivre avant de la briser.

Le monde entier, pour vous, jeune et joyeux convive,
N'est qu'un large festin où chacun peut s'asseoir
Attendant, s'il est nuit, que le matin arrive,
Attendant, s'il fait jour, que revienne le soir...

Vous n'aimez que le chant, la musique et la danse,
Ce tourbillon joyeux où le cœur s'étourdit,
Et le devoir vous semble un motif de romance
Qu'à l'Opéra, parfois, le soir, on applaudit.

Le plaisir vient errer sur vos paupières closes,
C'est lui qui, le premier, vous salue au réveil,
Et lorsque vous dormez sur votre lit de roses,
Sa languissante main berce votre sommeil.

Dieu ne vous gêne pas, et vous n'y pensez guère
Sinon lorsqu'il paraît comploter avec vous...

2

Saint Horace, Epicure et le pieux Voltaire
Etaient, dans leurs loisirs, aussi chrétiens que vous.

Vous avez la main blanche et la moustache blonde,
Et votre voix a pris un beau timbre argentin...
On fait, avec cela, son chemin dans le monde
Sans savoir sa prière et sans parler latin.

— Et pourtant... cette vie est un combat sans trêve
Où chacun a son arme et son poste d'honneur...
Jusqu'à l'heure suprême où la lutte s'achève,
On doit rester debout sous les yeux du Seigneur.

10 janvier 1880,

LA STATUE DU P. LACORDAIRE

A FLAVIGNY

Au T. R. P. Chocarne

Pourquoi donc le placer dans cette étroite enceinte
Ce bronze où le génie a su le ranimer?
Pourquoi cacher ici cette ombre chère et sainte,
Pourquoi, comme un captif, en ces murs l'enfermer?...

C'était sur ton parvis, ô vieille Notre-Dame,
Qu'on eût dû lui dresser l'airain du souvenir
Qui rappelle aux vieillards le soleil de leur âme,
Et le montre vivant aux fils de l'avenir.

Comme un chef qui commande, en un jour de victoire,
J'aurais voulu le voir, le bras haut, l'œil ardent,
Et que chacun venant saluer sa mémoire,
Eût répété tout bas : Oh ! cet homme était grand.

J'aurais voulu le voir entouré par la foule,
Comme dans les grands jours où sa foudre tonnait,
Où son cœur débordait comme un torrent qui coule,
Où sur son front divin tout le ciel rayonnait.

Non. — Qu'il reste avec nous! L'âme de Lacordaire
Préfère notre amour à leurs cris triomphants;
Pour eux c'était un roi, mais pour nous c'est un Père,,,
Et la place du Père est parmi ses enfants!

15 mai 1875,

LE SOIR

A ma Mère.

La fraîcheur va venir; le soleil qui décline
Etend sur le vallon l'ombre de la colline.
Le couchant empourpré brille de moins de feux;
L'astre du jour, tout prêt à revoir d'autres cieux,
Comme un vieillard heureux d'une longue carrière,
Avec moins de chaleur donne plus de lumière.
Prenons ce vieux sentier tant de fois parcouru,
Allons voir si le nid du buisson s'est accru,
Si l'églantier fleurit, si la vigne odorante
Jette de ses bourgeons la senteur enivrante,
Si le houblon sauvage, au chêne suspendu,
Enlace dans ses nœuds le feuillage touffu,
Si le vent a déjà dépouillé l'aubépine,
Si le papillon vole et l'abeille butine,
Si l'homme murmurant le nom du Créateur,
De son œuvre sublime aime encor la splendeur.
Allons — il est si doux d'errer seul à cette heure;
Laissons tous nos ennuis garder notre demeure,
Déridons notre front, prenons un air joyeux,

Sourions au beau ciel qui s'est fait radieux :
Nous finirons demain la tâche commencée ;
Déposons donc ce joug qui courbe la pensée :
Et comme un écolier qui de latin est las,
Laissons-la s'égayer en de joyeux ébats !

10 mai 1871,

SOLA SUB NOCTE

A Monsieur L. Budker.

Les voiles de la nuit s'étendent en silence ;
Ecoutez : tout se tait le long du grand chemin,
Hors le char attardé qu'un conducteur devance,
    L'églantier que le vent balance,
Et le ruisseau qui fuit dans le fond du ravin !

Tantôt dissimulée au milieu d'un nuage
La lune jette à peine une faible clarté ;
Tantôt, tout radieux, son disque se dégage,
    Et son rayon rend le courage
Au voyageur tremblant, de sa route écarté.

Oh ! je t'aime toujours, heure mystérieuse !
J'aime à m'enivrer seul des parfums de la nuit ;
J'aime me dérober à la cité brumeuse
    Et fuir cette foule fiévreuse
Dont j'entends chaque jour monter le rauque bruit !

Pour que Dieu se révèle, il lui faut le silence ;
C'est la nuit qu'il parlait au jeune Samuël,

C'est la nuit qu'il dévoile aux élus sa présence,
La nuit, qu'il vient à l'innocence,
Et penché sur son front la fait rêver du ciel !

Le jour, les passions viennent troubler notre âme,
Elle hésite souvent, souveut elle faiblit ;
Elle écoute les noms que la fortune acclame,
Un sourire, un regard de flamme,
Un chant voluptueux la trouble et l'amollit.

Mais lorsque vient cette heure où, las de jouissance,
Le convive épuisé s'éloigne du festin,
La voix qu'on étouffait sort de la conscience
Et, grave, au milieu du silence,
Revendique ses droits d'un ton de souverain.

Oh ! qu'on sent le néant de toutes ces ivresses !
Que l'âme est abattue en se voyant soudain
Avec tous ces dégoûts, ces hontes, ces tristesses,
Et ces accablantes faiblesses
Qui comme des vertus rayonnaient au matin !

Ils n'aiment pas ton ombre, ô ma douce nature,
Tous ces cœurs inquiets, épuisés par l'ennui ;
Ils craignent pour leur front ton haleine si pure,
Qui passe avec un doux murmure
Sur ceux qui vont goûter le charme de la nuit.

Mais moi, je te connais, je te comprends, je t'aime !
Lorsque sous l'œil de Dieu j'ai fini mon labeur
Lorsque j'ai combattu le doute et le blasphème,
J'ai besoin du calme suprême
Qui rend la paix à l'âme et met l'ivresse au cœur !

Quand ainsi tout se tait, la voix mystérieuse
Me dit : Ne tremble pas, je suis à tes côtés !
Laisse tourbillonner la houle furieuse ;
    Jamais l'étoile radieuse
Ne privera tes pas des célestes clartés !

Vois comme tout est calme et beau dans la nature,
Comme le ciel serein brille de mille feux !
Si le jour est troublé, si la lutte est obscure,
    Marche sans crainte, ô créature,
Le moment du repos sera délicieux !

Semur en Brionnais, 19 avril 1871.

LE RETOUR

SONUS EPULANTIS

A Madame Bernütz

Lorsque le fils revient après un long voyage,
Le père, sur le seuil, accourt malgré son âge
Et le serre en pleurant dans ses bras affaiblis ;
On s'empresse à l'envi, la demeure est en fête,
Et la veille du soir longtemps triste et muette
    Retrouve ses chants et ses ris,

Il s'assied au foyer : la mère le regarde
Et lui presse les mains, comme pour prendre garde
Qu'il parte de nouveau pour un pays lointain ;
Près de lui, tour à tour, ses frères prennent place
Et ses sœurs, dont il aime à contempler la grâce.
    Disent : Nous le voyons enfin !

Chacun pour l'écouter suspend sa causerie ;
On frémit, et souvent une larme attendrie
Coule au récit des maux qu'il a dû supporter.
Il faut qu'il dise tout, les plaisirs et les peines,

L'accueil de chaque jour, et les villes lointaines
    Où l'on maltraite l'étranger.

Ces âmes, si longtemps pleines d'inquiétudes,
Ont perdu leurs soucis et leurs sollicitudes,
L'avenir leur paraît radieux et vermeil ;
La douleur du passé s'est vite évanouie...
Leur cœur, comme une fleur à l'aube épanouie,
    Se dilate aux feux du soleil.

.   .   .   .

Pauvre exilé qui marche ici-bas sur la terre,
Regarde vers le ciel ! Cette douce lumière
Est celle du foyer où ton Père t'attend ;
Le grand festin est prêt, ta place est désignée :
Et, comme le concert d'une salle éloignée,
    Le bruit des convives s'entend !

Flavigny, 1er décembre 1875.

LOUANGE ET BLASPHÈME

———

Beau soleil, c'est en vain que ta splendeur divine,
Comme Dieu dans le ciel, rayonne au firmament ;
En vain nous te voyons comme un royal amant
Semer de mille fleurs le front de la colline ;

Pendant qu'à ton aspect la terre s'illumine,
La plainte des hiboux monte lugubrement ;
Pour leurs yeux sans regard ta flamme est un tourment,
Ton sourire joyeux les chasse et les chagrine.

Mille voix, le matin, chantent ta majesté.
Et dans les flots d'azur blanchis de ta clarté,
Avec son gai refrain l'alouette s'élance ;

Mais un cri de terreur sort de l'obscurité !
Ainsi l'erreur te hait, céleste vérité,
Ainsi le mal blasphème, ô sainte Providence !

1ᵉʳ février 1880.

═══

LE TEMPLE

La grandeur et la gloire habitent sous ta voûte,
O Temple ! Une pensée anime ton granit ;
Le Seigneur te visite, et l'orgueilleux qui doute,
En franchissant ton seuil, rencontre l'Infini.

Un auguste frisson nous glace et nous pénètre
Quand sous tes longs arceaux grondent les chants divins,
Et nous baissons les yeux sous le regard du Maître
     Qui sonde les cœurs et les reins.

Tout parle, tout émeut, tout est voix et lumière ;
Dans cette immensité, le cœur se sent grandir ;
Un hymne surhumain, fait de bronze et de pierre,
     Sur ses ailes vient nous saisir !

Alors on voit trembler l'insensé qui blasphème ;
Alors l'impiété ne trouve plus de voix,
Alors l'humble croyant, le fidèle qui l'aime
     Dit au Seigneur : Je vois, je vois !...

Flavigny, 12 février 1880.

LE RENÉGAT

Je me détourne quand il passe :
Son aspect sombre me fait peur ;
Je ne puis regarder en face
Ce front qu'a marqué le Seigneur.

Comme Caïn le fratricide
Il a le signe du maudit...
Mais, c'est Judas... c'est déicide...
Que la main vengeresse écrit.

Fixant les profondeurs du crime,
Il a dit : L'homme, c'est trop peu...
Celui que je veux pour victime,
Celui que je cherche, c'est Dieu !...

Partout il le suit et le traque,
Partout il lui lance son fiel...
Dans son sanctuaire il l'attaque...
Il le menace dans le ciel.

Pourtant, il sent que le blasphème
Retombe impuissant dans la nuit,

Ne pouvant atteindre Dieu même,
Il frappe ceux qui sont à lui.

Il s'en va répandant sa fange,
Souillant tout de son noir limon...
Heureux de rencontrer ùn ange
Pour le transformer en démon.

Que de fleurs par sa main souillées !
Que de lis on l'a vu fouler !
Que de paupières sont mouillées
Des larmes qu'il a fait couler !

Enfant, qui demande à ta mère
Si Satan passe dans la nuit
A l'heure où tu fais ta prière...
Regarde cet homme, c'est lui !...

Je me détourne quand il passe,
Son aspect sombre me fait peur...
Je ne puis regarder en face
Ce front qu'a marqué le Seigneur !

10 novembre 1873.

SHAKESPEARE

Au capitaine Knapp.

L'Alchimiste veillant auprès de la fournaise,
Penché sur le brasier qui crépite et se tord,
D'un œil tantôt hagard, et tantôt brillant d'aise,
Examinait la flamme et son ardent essor.

Tourmenté du désir que l'objet seul apaise,
Il murmurait : Enfin ! C'est le dernier effort !
Puis, de ce doigt glacé qui pénètre et qui pèse,
Il palpait le métal rouge et brûlant encor.

Ainsi dans ton creuset, tu jetais, ô Shakespeare,
Cet airain si divers qui vit, souffre, respire,
Ce mélange inconnu, nommé le cœur humain ;

Tu regardais longtemps en activant la flamme,
Si l'or ou le plomb vil était au fond d'une âme...
Puis tu la faisais voir au monde dans ta main.

Flavigny, 25 octobre 1879.

LES ÉMIGRANTS

A Monsieur l'abbé Beney.

Ils marchent pleins d'espoir vers la terre promise,
Ils vont dans le désert sur les pas de Moïse
Dont le front porte encor le rayon du Sina
La colonne de feu les guide dans la marche;
Et les fils de Lévi, tour à tour, portent l'arche,
Asile redoutable où descend Jéhovah.

Ils vont, le cœur joyeux, vers ces plaines fertiles
Où jamais les sueurs ne tombent inutiles
Où les vallons fleuris semblent sourire au ciel :
Où le froment s'élance en gerbes triomphales ;
Où les ceps sont chargés de grappes colossales,
    Où coulent le lait et le miel.

Leurs pieds foulent encor le sable qui les brûle,
Ses replis sinueux que le vent accumule
Dérobent à leurs yeux les rives du Jourdain ;
Mais ils ne sentent plus les fatigues passées,
Ils ne comprennent plus les craintes insensées
    Dont leur cœur hier était plein !

Ils laissent derrière eux l'Egypte et l'esclavage,
La mer qui leur ouvrit ses flots et le rivage
Dont l'écho répéta la gloire du Très-Haut ;
Ils quittent à jamais les solitudes mornes
Où l'œil hagard contemple un horizon sans bornes
Où les feux du soleil pèsent comme un fardeau.

Josué leur a dit : « Nous avons vu la terre
Où la voix du Seigneur éveilla notre Père
Lorsqu'il l'eut façonné de sa divine main,
C'est là ce paradis, premier séjour de l'homme !
L'Eternel apaisé nous rend notre royaume,
Encore quelques pas, nous le verrons demain !

« Là-bas est un trésor de richesse et de vie !
Là-bas, le sol est vierge, et la terre ravie,
Comme une jeune mère ouvre son sein joyeux !
Israël, loin de toi les angoisses cruelles ;
Colle ta lèvre ardente à ses fortes mamelles
Et puise dans son cœur le secret d'être heureux ! »

Ils vont ! Et Jehovah accomplit sa promesse ;
Des peuples et des rois le fol orgueil s'abaisse
        Amalec recule tremblant !
Rien ne peut résister à l'esprit qui les guide,
La foudre a moins d'éclats, l'éclair est moins rapide
Que cette nation, fille du Tout-Puissant !

Pour elle, le Jourdain remonte vers sa source,
Pour elle, le soleil arrêté dans sa course
        Prolonge l'heure des combats ;
Pour elle, des remparts on voit crouler le faîte,
Et les superbes tours, au son de la trompette,
        Se renversent avec fracas !

Bientôt chaque tribu peut s'avancer en reine,
La droite d'Israël à jamais souveraine
Remet dans le fourreau son glaive triomphant;
Au sommet de Sion paraît la ville sainte,
Puis le Temple s'élève, et dans sa vaste enceinte,
Un peuple tout entier se prosterne en priant!

Un peuple! Ce n'est plus une race captive!
Ce n'est plus aujourd'hui l'esclave fugitive
    Que son maître irrité poursuit;
C'est une nation que l'univers admire,
Qui tient de Dieu ses droits, sa force, son empire
    Et qui doit vivre autant que lui!

Flavigny, 2 janvier 1880.

LES VENDEURS DU TEMPLE

———

A Monsieur A. de Beauplan.

Un jour, traversant les portiques
Du vieux temple de Salomon,
Le Christ, sur les dalles antiques,
Aperçut l'autel de Mammon.

Tréteau dressé par des mains viles
Sous l'œil du lévite indulgent,
Aux adulations serviles,
Il étalait son dieu : l'Argent.

Les pharisiens au front chauve
Tenant fixés leurs yeux hagards,
Avec le métal rouge et fauve,
Semblaient échanger des regards.

Voix rauque qui compte et suppute,
Cris et débats, mots pleins de fiel,
Tout se mêlait, et la dispute,
Du Temple montait vers le ciel.

Alors saisi par la colère,
Jésus prit la verge, il frappa...

Et cette horde populaire
En un moment se dissipa...

Le doux Sauveur... sentit son âme
Qui bouillonnait comme un torrent...
Le Christ... frappa ce peuple infâme
Qu'il devait sauver en mourant !

C'est qu'il est une haine sainte,
La haine du mal éhonté
Jusque dans la divine enceinte
Venant traîner l'impiété ;

La haine du fourbe et du lâche ;
La haine du sot, vil moqueur,
Et du courtier qui, sans relâche,
Fait la baisse au marché du cœur !

Cette haine poursuit sa voie...
Et quand elle a bien combattu,
Elle peut dire : Dieu m'envoie,
Regardez, je suis la vertu !

Puisque votre main vigoureuse
Tient le fouet qui marque et qui mord,
A votre tâche douloureuse
Vouez-vous donc, et sans remords...

Pour vous faire oublier nos fanges
Et les gueux qu'il faut rudoyer,
Dieu vous a donné les trois anges
Qui veillent à votre foyer.

DEUIL

———

Au docteur V. A.

Ami, le trépas t'a frappé,
Dans ton âme je vois du vide,
Sur ton front, d'ombre enveloppé,
Chaque jour vient creuser sa ride.

Dans ce monde qui te charmait
Tu passe avec indifférence,
Le désespoir et la souffrance
Gardent seules ton cœur muet.

Qui donc a fermé sa paupière
Pour se coucher dans le cercueil?
Quel nom a-t-on mis sur la pierre
Pour lui faire porter ton deuil?

Est-ce une mère, âme divine
Où notre âme vient se nourrir,
Comme l'arbre, dans sa racine,
Prend le suc qui le fait fleurir?

Est-ce un de ces frères si rares
Que l'on nomme du nom d'amis...
Or pur dont les cieux sont avares
Et qu'ils nous ont bientôt repris?

Est-ce cet ange de la vie
Choisi pour toi par le Seigneur,
Dont la main sur l'homme s'appuie
Mais dont le cœur porte son cœur?

Non, ton deuil n'est pas de la terre...
Hélas! il ne saurait finir...
Je lis sur ton front sans lumière :
C'est un Dieu qui vient de mourir!

13 janvier 1880.

IRA

Es-tu las d'être dupe? Eh bien, sus aux idoles!
Fais tomber tout le fard qui leur rougit le front,
Eteins tous les rayons, toutes les auréoles,
Entr'ouvre ces tombeaux et regarde le fond!

Rêveur, n'as-tu pas vu trop longtemps sur la scène
Tous ces vils histrions s'agiter tour à tour
Et fabriquer au taux de la pensée humaine
Aujourd'hui de la gloire et demain de l'amour?

Viens et regarde en face! Examine, ô poëte!
Traverse-moi ces reins de ton regard de feu,
Pénètre sans pitié dans cette ombre secrète,
Dans ces derniers replis que sonde l'œil de Dieu.

Qu'y vois-tu? Tous ces cœurs pavoisés de noblesse
Sont-ils comme un parvis où descend le Seigneur?
N'as-tu pas vu saigner quelque lâche faiblesse?
N'as-tu pas mis la main sur quelque déshonneur?

Laisse donc s'épancher la bile de ton âme :
La justice a son jour, et ce jour est venu!

Ecarte sans pitié cette dépouille infâme
Qui s'en va sous tes mains, et mets le spectre à nu !

A nu, l'ambition, cette folle menteuse
Hurlant pour la patrie et pour la liberté,
Et tressant nuit et jour pour sa tête orgueilleuse
Des lauriers dont le sang a toujours dégoûté.

A nu, la fausseté louangeuse assidue
Dont la coupe banale a toujours tant de fiel ;
A nu, la volupté courtisane vendue
Qui prend des airs de vierge et regarde le ciel !

A nu, le menteur vil qui parle de franchise
Et veut placer l'honneur dans son cœur de bandit !...
A nu, le dévouement qu'on prime et qu'on courtise
Et les serments du soir que le matin dédit !

Vous n'aurez pas ma foi, Pharisiens sordides !
Portez à vos pareils vos sarcasmes railleurs ;
Et s'il faut du renfort à vos bras homicides
Allez pour en trouver, allez chercher ailleurs !

Ne me présentez plus vos gloires éhontées,
Vos oripeaux du soir que le jour a surpris ;
Cachez-moi pour toujours vos faces souffletées
Et dormez dans la boue, ivres de mon mépris !

22 février 1880.

UNE CHARTREUSE

O BEATA SOLITUDO ! — O SOLA BEATITUDO !

A Dom Pascal.

J'avais besoin pour ma poitrine
De l'air frais et pur des forêts,
Et pour ma muse, enfant mutine,
De liserons et de bleuets.

J'allai devant moi sur les routes
Pendant que les nids s'achevaient
Et qu'au loin, sous les vertes voûtes,
Les faunes riants m'observaient.

J'allai longtemps sous les feuillées,
Dans les sentiers, par monts, par vaux,
Et dans les plaines éveillées
Par les chansons et les travaux ;

J'allai si loin, qu'un jour l'aurore
Me trouva près d'un vieux couvent
Dont la cloche lente et sonore
Me plut par son timbre d'argent.

Or, ce jour étant un dimanche,
Vite on me conduisit au chœur
Où les moines en coule blanche
Psalmodiaient avec ferveur.

Leurs voix mâles et cadencées
Avaient un accent triste et doux...
Et bientôt de graves pensées
Me firent tomber à genoux.

Longtemps j'écoutai la prière
Dont les gémissements pieux
Pour tous les forfaits de la terre
Demandent le pardon des cieux;

Longtemps je regardai ces hommes
Immobiles sous leur linceul,
Oubliant tout ce que nous sommes
Et ne parlant plus qu'à Dieu seul.

Puis le soir vint. — La vieille porte
Devant moi s'ouvrit de nouveau :
Mais une voix suave et forte
Me redisait comme un écho :

« O, bienheureuse solitude
Où le cœur vit dans l'infini,
Où l'homme n'a plus d'autre étude
Que le Dieu dont il est béni. »

24 novembre 1872.

ODEUR DE MORT

A Madame E...

Les mains se serrent froidement,
La parole est embarrassée...
Parfois la phrase commencée
S'arrête et tombe lourdement.

L'esprit, de pensée en pensée,
Suit son chemin péniblement...
Par un indicible tourment
On sent sa poitrine oppressée.

Ici, pourtant, l'intimité
Avait fait naître la gaîté
Dès le seuil toujours pressentie.

— N'attendez pas un autre accueil
Quelqu'un est là dans son cercueil... —
Qui donc est mort?... — La Sympathie.

PESSIMISME

A *Madame Haêntjens.*

Le monde meurt de froid, nous dit un grand rêveur;
L'accueil franc et loyal parmi nous devient rare;
L'homme, chaque matin devenu plus avare,
Dans un fond plus secret cherche à cacher son cœur.

Statue au front hautain, taillée en plein carrare,
Il lui reste l'orgueil et son dédain moqueur,
La bonté lui paraît un thème de rimeur
Et vivre hors de soi lui semble au moins bizarre.

— Qui donc raisonne ainsi? Quel est cet Allemand
Né de Shopenhauer, on ne sait trop comment?
Il s'est lavé les yeux avec son écritoire.

Allons, mon bon ami, le cœur n'est pas si loin
Que pour l'apercevoir il faille tant de soin...
Je l'ai vu, j'en suis sûr, et vous pouvez m'en croire.

LE TÉMOIN

A Monsieur A. Campeaux.

O Mort! tu les as vus, tous ces grands, tous ces braves,
Tous ces hommes au front si fier et si hautain,
Qui dans un même effort rejetant leurs entraves,
Pour marcher contre Dieu s'étaient donné la main !

O Mort! tu les as vus... quand, la lutte finie,
Epuisés et sanglants, sans force contre toi,
Rien ne venait aider leur suprême agonie
Ni la main de l'amour, ni celle de la foi.

Ton œil a contemplé ces figures farouches
Où d'atroces douleurs se creusaient leurs sillons;
Ton oreille entendait, quand leurs infâmes bouches
Lançaient contre le ciel leurs imprécations !

Quand sur leurs fronts perlait cette sueur glacée
Que tu bois à longs traits dans ton sombre festin,
Quand leur âme étreignait sa dernière pensée
Comme un voleur saisi s'attache à son butin;

Lorsque tous leurs exploits, leurs triomphes de guerre

Repassaient devant eux pour rentrer au néant,
Tu voyais ces héros si superbes naguère
Se tordre comme un ver sous le pied du passant !

Dis-moi donc ces sanglots, ces râles, ces blasphèmes ;
Ces insultes au Christ qui le proclamaient roi ;
Ces mots du désespoir, tout chargés d'anathèmes,
Qui criaient au Seigneur : Je te maudis, c'est toi !

Dis-moi ce que cachaient les replis de leurs âmes !...
Ton œil de ce cloaque a découvert le fond,
Comme un homme penché sur les antres infâmes
Où vivent des bandits regarde ce qu'ils font.

Tu l'as vu, lui, ce dieu qui gouverna la terre,
Qui lui donna sa boue en mendiant ses ris ;
Tu l'as vu se débattre à son jour, ce Voltaire,
Fange dans le bourbier, Voltaire dans Paris !

Tu touchas son front nu de ta main de squelette,
Tu sentis frissonner, dans son infâme corps,
Sous ce masque hideux défiant la palette,
Son âme de damné plus repoussante encor.

Oh ! tu devais jouir en tenant cette proie !
En serrant dans ta main cette puissante main,
Tes vieux os tressaillaient d'une infernale joie ;
Tu disais : aujourd'hui ! non, ce n'est plus demain.

Comme tu savourais cette rage hideuse
Qui le faisait frémir sur son lit de douleurs !
Tes baisers s'imprimaient sur sa bouche écumeuse...
Dans le creux de ta main tu recevais ses pleurs !

Devant lui tour à tour, il voyait ses victimes,
Ceux qu'il avait salis par un lâche pamphlet;
Un cortège hideux de forfaits et de crimes
Auprès de son chevet passait et repassait.

Jeanne, dont il souilla le beau nom de Pucelle,
Jeanne, que le premier, il voulut insulter,
Elle venait alors, amenant avec elle
Les braves qui par lui s'étaient vu souffleter.

Ils arrivaient, joyeux comme aux grandes batailles,
Lui faire leur adieu sur le bord de l'enfer;
Et Lahire et Dunois, et le vaillant Xaintrailles
Lui meurtrissaient le front du gantelet de fer!

Le Christ à son chevet, tenant sa croix honnie,
Lui demandait le prix de ses mille forfaits;
Il regardait finir cette lâche agonie,
Non plus père, mais juge et maître à tout jamais.

Et lui, voyant briller la croix victorieuse
Sur le signe sacré fixait ses yeux hagards;
Maudit! s'écriait-il, d'une voix furieuse!
Et tremblant, de sa main il voilait ses regards!

Oui, seule, tu connais tous ces hommes stoïques,
Forts contre le destin, superbes contre Dieu;
Ces cœurs de diamant, ces âmes héroïques
Que ne peut entamer ni le fer ni le feu.

Ton dard trouve toujours le défaut de l'armure,
Toujours ton bras puissant entr'ouvre ces tombeaux,
Ces sépulcres blanchis, vases pleins de souillure
Et d'autant plus infects, qu'ils paraissent plus beaux!

Quand tu viens au banquet, plus de masque au visage ;
Il faut qu'on obéisse et qu'on dise son nom,
Que l'on se montre fou, lorsqu'on paraissait sage,
Que l'on réponde : Oui, lorsque l'on disait : Non !

Qu'on t'appelle héraut des célestes justices,
Emissaire qui suit ou de près ou de loin,
Pourvoyeur sans pitié des suprêmes supplices,
    Moi, je t'appelle le Témoin.

Semur-en-Brionnais, 28 avril 1873.

SUR UNE TOMBE AU BORD DU CHEMIN

———

Le nom a disparu, la date est effacée...
    Plus rien qu'un tombeau sombre et nu !
Jamais un pas ami, jamais une pensée
    Ne vient réveiller l'inconnu.

Mais, qu'importe que nul ne détourne la tête,
    Que nul ne s'arrête jamais ;
Qu'importe ! Moi qui passe, il faut que je m'arrête,
    Car cet homme, je le connais !

Qu'importe qu'il soit mort, qu'importe que je vive,
    Qu'importe ce que je poursuis,
Puisqu'à sa tombe, un jour, il faudra que j'arrive,
    Puisqu'il était ce que je suis ;

Puisqu'il a comme moi souffert sur cette terre,
    Blessé par l'envie et l'orgueil,
Puisque je dormirai comme lui solitaire
    Les bras croisés dans mon cercueil !

Qu'importe donc le nom qu'avait cette poussière,
    Puisque mes fleurs, mes champs, mes bois,
Mes concerts du printemps, mon beau ciel, ma lumière
    Ont été les siens autrefois !

. . . .

L'eau qui tombe du ciel s'écoule goutte à goutte
    Pour rentrer au même océan ;
Ainsi tout ici-bas suit une même route
    Pour rentrer au même néant !

27 novembre 1875.

LES COURANTS

I

En traversant la prairie
Dont l'herbe verte et fleurie
Vient se baigner dans ton eau,
En traversant la prairie,
Qu'emportes-tu, doux ruisseau ?

En serpentant dans la plaine
Je prends le flocon de laine
De la toison des béliers,
En serpentant dans la plaine,
A travers les peupliers.

Je me hâte et passe vite,
J'emporte la marguerite
Qu'effeuillent les envieux,
Je me hâte et passe vite,
Sans jamais faire d'adieux.

La bergère vagabonde,
De sa main trouble mon onde,
Mais j'aime à la voir venir
La bergère vagabonde
Me laisse son souvenir !

L'agneau qui saute et folàtre
Guidé par la voix du pâtre,
Sur mes bords vient se jouer,
L'agneau qui saute et folâtre
Me donne son doux baiser.

II

Torrent à l'onde écumante
Dont la voix rauque et grondante
Glace le cœur éperdu,
Torrent à l'onde écumante
En fuyant qu'emportes-tu?

Mon flot à l'écume blanche
Roule en mugissant la branche
Arrachée aux pins brisés,
Mon flot, à l'écume blanche,
A des reflets irisés.

J'emporte l'aire qui tombe,
La plume de la colombe
Que tuèrent les aiglons,
J'emporte l'aire qui tombe
Et roule du haut des monts.

Ces tours et ces murs de neige
Que l'hiver le vent assiège
Et qui semblent de granit,
Ces tours et ces murs de neige
L'été fondent dans mon lit.

Près du ciel jaillit ma source,
Je ne touche dans ma course

Rien qui souille son azur,
Près du ciel jaillit ma source,
Et mon cristal est pur.

III

Fleuve aux ondes majestueuses
Qui vois sur tes rives brumeuses
Tout un grand peuple s'agiter,
Fleuve aux ondes majestueuses,
Que saisis-tu pour l'emporter?

J'ouvre mon sein à la richesse,
Et mon onde porte sans cesse
Ses bateaux à l'âme de feu,
J'ouvre mon sein à la richesse,
Et je reflète le ciel bleu.

Dès que l'aube épand sa lumière,
Le pêcheur quitte sa chaumière
Et me bat de ses avirons,
Dès que l'aube épand sa lumière,
J'entends ses joyeuses chansons.

Je porte de joyeux mystères,
Mais souvent des larmes amères
Ont coulé dans mon eau qui fuit,
Je porte de joyeux mystères,
Et bien des hontes chaque nuit.

J'emporte la douce missive
Dont l'attente sur l'autre rive
Fait pencher le front attristé,
J'emporte la douce missive
Et les fanges de la cité.

IV

O Temps, océan sans rivage,
Où tombe tout être et tout âge,
Où va le crime et la vertu,
O Temps, océan sans rivage,
Sur ton flot noir que roules-tu ?...

Tout ce qui naît, tout ce qui passe !
A me contempler face à face
Se sont fatigués bien des yeux...
Tout ce qui naît, tout ce qui passe,
Tout ce qui souffre sous les cieux.

Dans mon sein que nul œil ne sonde,
Tombent tous les hochets du monde,
Tous ses malheurs, tous ses plaisirs ;
Dans mon sein que nul œil ne sonde,
S'éteignent tous ses vains désirs.

L'amour, la jeunesse et la gloire
S'approchant à l'envi pour boire,
Sur mes eaux viennent s'incliner ;
L'amour, la jeunesse et la gloire
Ne s'y peuvent désaltérer.

Sur mon flot écumant j'emporte
Tout ce que le siècle m'apporte
Et ce fardeau me charge peu ;
Sur mon flot écumant j'emporte
Le bien et le mal jusqu'à Dieu !

20 décembre 1879.

OSCULA LIBANS

Oh! je faisais un rêve étrange!...
Il le faudrait dire à genoux!...
Car jamais rêve d'homme ou d'ange
Jamais songe ne fut plus doux.
Entre le sommeil et la veille
Enivré de cette merveille,
Sans comprendre, je jouissais...
Si mon âme avait des paroles!...
Mais les mots sont de vains symboles
Où tout le cœur n'entre jamais.

Etait-ce un chant?... un doux murmure,
Bruit des ailes d'un séraphin,
Echo de la sainte nature
Qui chante à Dieu l'hymne sans fin?
Un parfum de cette ambroisie
Que l'homme appelle poésie,
Voix céleste d'un cœur mortel,
La plus douce que l'homme entende,
La plus pure et suave offrande
Que la terre ait sur son autel?

Etait-ce la prière sainte
Que la vierge dit chaque jour,
Hymne que la céleste enceinte
Entend comme un écho d'amour...

Ce bourdonnement de l'abeille,
Qui dès que l'aurore s'éveille,
S'envole pour cueillir son miel ;
La pure senteur de la rose,
Qui lorsqu'un papillon s'y pose
De son sein monte vers le ciel !

Etait-ce la voix des cantiques
Vibrant aux harpes de Sion,
Louant sous les sacrés portiques
Le Dieu de la création ?
Etait-ce encens, fleur ou prière
Soupir d'amour, soupir de mère ?...
Mon cœur à longs traits s'enivrait !...
C'était Dieu qui passait peut-être,
Car chaque fibre de mon être
Comme sous une main vibrait.

Cependant une pure haleine
Caressait mon front endormi,
Sortant de mon rêve avec peine
Je me soulevais à demi...
A mon chevet, la jeune mère
Riant de ma douce chimère,
Regardait d'un air triomphant !
Un cri s'échappa de ma bouche...
Tout auprès de moi, sur ma couche,
Elle avait placé son enfant !...

Puligny, 15 août 1872.

DIES NATALIS

Il est né!... Mais vit-il?... A-t-on sauvé la mère?...
Faut-il se réjouir, faut-il trembler encor?...
— O sombres questions! O fragile éphémère!
Près d'un berceau dresser la couche funéraire,
Et sous le même toit voir la vie et la mort.

Oui la Mort! Elle vient. C'est son droit! C'est son heure!
Elle vient, et parfois elle ouvre les deux bras!
Quand la femme dit : J'aime! Elle dit : Que je meure!
Lorsque les fleurs d'hymen embaument la demeure,
        On y sent l'odeur du trépas !

Si jamais le respect languissait dans ton âme
Pense, pense à ce jour dont le nom te fait peur!
Si tu sentais germer ou le doute ou le blâme
Répète dans ton cœur : Je suis né d'une femme!
        Je suis le fils de la douleur!

O femme! être sacré! c'est là ton auréole!
C'est le chaste rayon qu'on ne peut te ravir!
Ta beauté se flétrit, ta jeunesse s'envole,

5

Mais de l'amour divin, tu restes le symbole...
    Car aimer, pour toi c'est souffrir !

La douleur fait trembler plus d'une âme virile...
En la sentant venir, l'homme saisi d'effroi,
Sent son cœur qui se trouble et son front qui vacille...
Et ce lis pâlissant, ce roseau si fragile,
La femme la contemple et lui dit : Viens à moi !

Oh ! ne lui dites pas de chercher la science !
Le génie à ses pieds est venu s'incliner ;
Laissez-lui le trésor de sa sainte ignorance,
Elle est mère, c'est là sa grandeur, sa puissance,
    Le fleuron d'or qui doit la couronner !

28 janvier 1880.

LE VOLCAN

Voyez ce sombre mont qui dresse dans les nues
Ses rochers foudroyés, ses crêtes inconnues
    Où le vautour seul a son nid;
Contre eux vient se briser l'effort de la tempête,
Rien n'y germe et le grain que l'ouragan y jette
    Tombe toujours sur le granit.

Toujours l'effort des vents l'environne et l'assiège;
L'hiver son front altier se couronne de neige
    Qui, l'été, se fond en torrent;
Symbole de l'orgueil et comme lui stérile,
Son ombre couvre au loin et la plaine et la ville
    Lorsqu'elle s'allonge au couchant.

Que fait donc ce géant inutile et sublime?
Pourquoi Dieu dans le ciel a-t-il dressé sa cime
    Vierge encor de tout pas humain?
A quoi bon ces rochers qui nous voilent l'espace?
Pourquoi notre horizon fermé par cette masse
    Où le regard se heurte en vain?

Ecoutez : d'un bruit sourd la campagne frissonne,
Aux clochers ébranlés le glas d'alarme sonne,
  Le ciel est d'un rouge sanglant ;
L'air lourd semble manquer à toutes les poitrines,
Les taureaux vers le ciel élèvent leurs narines
  Et se rassemblent en beuglant.

Tout fuit en gémissant : la foule épouvantée
Regarde rayonner la flamme ensanglantée
  Qui s'élève au front du volcan ;
Du cratère écumant, la lave va descendre,
De brûlants tourbillons de fumée et de cendre
  L'annoncent au peuple tremblant.

C'en est fait : la voilà qui monte, qui bouillonne
Comme l'eau de la mer, le granit tourbillonne
  Et vient battre contre le bord !
Mille rouges torrents s'élancent sur la pente :
On voit dans les sentiers la flamme qui serpente
  En répandant partout la mort.

Mais bientôt, entravant cette course hardie,
Quelqu'un arrêtera la lave refroidie,
  L'homme y creusera ses sillons ;
La vigne étalera ses grappes brunissantes,
Les fleurs y mêleront leurs tiges odorantes,
  Le vent bercera les moissons.

Ainsi, longtemps en nous, la pensée est esclave,
Mais un jour le granit se fond, il devient lave,
  Et brûlant, s'échappe au dehors ;
Ainsi, sombre et muet, le penseur sent la flamme
Qui, chaque jour plus vive, illumine son âme,
  Monte, redouble ses efforts ;

Ainsi jaillit enfin la lave du génie :
Tempête, feu, torrent, force presque infinie,
　　　　Volcan qui soulève le front ;
Mais ce flot embrasé qui s'épand sur le monde
Le ravive, et du sol que son ardeur féconde,
　　　　Les fleurs et les fruits sortiront.

15 septembre 1873.

JUDITH

FRAGMENT

———

A Monsieur Keller.

Ozias, gouverneur de Béthulie, a promis de livrer la ville dans cinq jours aux Assyriens si aucun secours ne lui arrive. Judith l'a demandé dans sa demeure pour lui reprocher sa résolution et lui annoncer en même temps son dessein de se rendre dans le camp de l'ennemi.

. . . .

OZIAS

Béni soit le Seigneur!

JUDITH

Le juste qui le craint et lui reste fidèle
Contre tous les dangers s'abrite sous son aile.

OZIAS

Madame, votre nom, du peuple respecté,
L'éclat de vos vertus et votre piété

En donnant un conseil ont assez de puissance
Pour qu'Ozias l'accepte avec reconnaissance.
Le dessein que j'ai pris de rendre la cité
Si le ciel dans cinq jours ne s'est manifesté,
Révolte, m'a-t-on dit, votre âme généreuse ;
Mais le peuple ne voit que cette mort affreuse
Qui commence à frapper à grands coups dans ses rangs ;
Les corps de nos soldats sous ses yeux expirants,
La chaleur qui le brûle et la soif qui le presse
Emeuvent plus son cœur que la vieille promesse.
Qu'importe, disent-ils, en face du trépas
Que nous croyions en lui, s'il ne nous entend pas ;
La foi n'a point sauvé les fils de Béthulie
Qui craignaient plus leur Dieu qu'ils ne voulaient la vie.
Si nous croyons comme eux, comme eux, nous périrons.

JUDITH

Si nous croyons comme eux, avec eux, nous vaincrons !
Il faut du sang versé pour faire une victoire...
Et ce n'est point aux morts que manquera la gloire !

OZIAS

Lorsqu'on peut triompher le trépas semble beau.
Mais à quoi bon lutter pour garder un tombeau?
A quoi bon déployer un courage inutile
Pour défendre ces murs et sauver cette ville
   Où l'ennemi, certain que le ciel est pour lui,
Veut nous laisser périr dans un honteux ennui?

JUDITH

Ozias !... Est-ce vous qui parlez de la sorte !

OZIAS

C'est Israël entier !... Le fardeau que je porte
En ces jours de malheur fait plier mes genoux.
S'il vous était donné, Judith, que feriez-vous ?...

JUDITH

Plutôt que de céder et de commettre un crime,
Du peuple révolté, je serais la victime ;
Et dussé-je plier sous un plus grand malheur,
Je n'outragerais pas le nom de mon Seigneur...

OZIAS

Je ne l'outrage pas, je cède à sa colère.

JUDITH

Vous l'outragez...

OZIAS

Comment? Succomber de misère
C'est donc outrager Dieu... Nous l'avons supplié...
Inclinant vers le sol son front humilié,
Israël a gémi, crié devant sa face ;
Pour éloigner de nous la mort qui nous menace,
Nous avons, des taureaux, versé le sang à flots ;
Pendant huit jours entiers, nos soupirs, nos sanglots
Ont monté vers le ciel avec le sacrifice
Que nos prêtres offraient, couverts de leur cilice...
Pour fléchir le Seigneur, que fallait-il de plus ?...

JUDITH

Un retard, quel qu'il soit, n'est jamais un refus !...

Souviens-toi de ce jour où tentant notre père,
Il lui dit : Abraham ! Voici ce qu'il faut faire :
Prends ton fils Isaac, marche vers Moria,
Et de ta propre main, tu me l'immoleras...
Le bûcher était prêt, la main était levée,
Sous le couteau fatal, la victime courbée
Attendait... Ozias était-ce assez tarder ?...
Cependant, de ce fils qu'il allait immoler,
Une race puissante, un peuple devait naître...
Et celui qui l'avait promis, c'était ce maître
Qui semblant oublier les jours de l'avenir
Sur un autel sanglant le voulait voir périr !
N'était-ce pas le jour de perdre confiance ?...
Et pourtant, retarder n'eût été qu'une offense...
La voix d'en haut disait : Je veux ! il obéit.
Il présenta son fils... et Dieu le lui rendit...
Si le glaive est levé pour frapper Béthulie,
Ne veut-il point savoir si notre faible vie
Nous est plus chère que la foi ?...

OZIAS

                S'il faut mourir...
La foi ne m'est plus rien. Qu'importe l'avenir,
Qu'importe que nos fils coulent des jours tranquilles ?
Ces triomphes tardifs nous seront inutiles,
Et nos corps endormis dans le sein de la mort
Ne s'éveilleront pas pour en jouir encor.

JUDITH

Ozias !... Est-ce vous qui dites ces blasphèmes ?...
O Seigneur, quelle nuit ! Tes fidèles eux-mêmes,
Lorsqu'entre eux et ton nom se dresse le trépas,
Ne savent plus te voir !

OZIAS

Non, nous ne voyons pas
Lorsque la sombre nuit enveloppe la terre...
Comment l'œil d'un mortel verrait-il la lumière?...

JUDITH

Même à travers la mort, même à travers la nuit
L'œil perçant de la foi sait aller jusqu'à lui.
Qu'est-ce donc que la mort, Ozias?... et ton envie
Ne dépasse donc point les bornes de la vie!...
Quand nous tomberions tous aux mains des ennemis,
Nous n'aurions point perdu ce qui nous est promis...
Cette citée tombée, il nous en reste une autre
Qui, mieux que Béthulie, est encore la nôtre.
Et malgré les vainqueurs qui triomphent ici,
Les vaincus et les morts doivent régner aussi.
Nos instants sont comptés : si notre heure est venue
Marchons sans hésiter, notre fin est connue,
Qu'elle vienne du fer, de la peste ou du feu
La mort est le chemin qui nous conduit à Dieu !
Et dût-elle à nos yeux se montrer plus horrible,
Dût-elle revêtir un aspect plus terrible,
Si pour la fuir, il faut renier notre foi,
Si reculer d'un pas, c'est violer la loi,
Moi qui n'ai dans mon sein que le cœur d'une femme...
J'attends sans hésiter et le fer et la flamme.
Mais... c'est assez, Ozias... Je vous sais grand et fort,
Un homme comme vous ne peut craindre la mort.

OZIAS

J'ai promis... Faut-il rompre un serment qui me lie?

JUDITH

Le serment du péché n'engage point la vie.

OZIAS

Comment se présenter à ce peuple en courroux?

JUDITH

Ozias, s'il le fallait, je parlerais pour vous ;
Mais je vous crois encore au cœur trop de noblesse
Pour y laisser entrer une telle faiblesse...
Chef d'Israël, voici ce que vous avez fait;
Vous avez dit à Dieu : Je t'accorde un délai,
Je te donne cinq jours pour sauver notre ville.
Ces cinq jours écoulés, je te juge inutile
Et je permets aux Juifs de ne plus t'adorer...
Est-ce trop pour cela que de se rétracter?

OZIAS

Se rétracter n'est rien. Le peuple a sa furie.
Je mourrai sous ses coups sans lui sauver la vie...

JUDITH

Se rétracter est tout. Le courroux du Seigneur
Quand nous nous soumettons fait place à la douceur.
Si vous vous repentez, j'ai le juste présage
Qu'il vous pardonnera votre dernier outrage.
Prions... il oubliera, pour rendre son appui,
Les erreurs d'autrefois et celles d'aujourd'hui!...

Il faut nous souvenir quand sa main nous châtie
Que c'est par le malheur que le péché s'expie,
Et que ce Dieu qui veut notre cœur tout entier
Le passe par le feu pour le purifier.
Lorsque la douleur vient, c'est Dieu qui vient lui-même ;
La tribulation cherche celui qu'il aime,
Elle met au creuset son âme impure encor,
Disperse tout le plomb et n'y laisse que l'or :
De nos plus saints aïeux rappelle en ta mémoire
Les noms par Dieu lui-même écrits dans notre histoire.
Abraham, Isaac, et les chefs d'Israël
Gédéon et Jephté, Samson et Samuël...
Tous avant d'arriver à la terre promise,
Ils ont dans le désert marché comme Moïse...
Ecoutez, Ozias... le moment est venu
Où va se révéler notre Dieu méconnu.
Peut-on croire sensé ce que je viens de dire ?

OZIAS

Quand c'est vous qui parlez, cela me doit suffire.

JUDITH

Pensez-vous que mon cœur soit assez peu troublé
Pour que je puisse agir ainsi que j'ai parlé ?

OZIAS

Je ne vous comprends pas.

JUDITH

           Ce soir, quand la nuit sombre
Sur la ville assiégée aura jeté son ombre,

Pour un dessein secret, je veux franchir les murs.
Assemblez les Anciens et les chefs les plus sûrs,
Menez-les vers la porte à la troisième veille,
A l'heure où la cité tout entière sommeille,
Je quitterai la ville et Bala me suivra.

OZIAS

Quoi !... seule avec Bala ?...

JUDITH

Dieu m'accompagnera :
Sans peur de l'ennemi qui se presse à nos portes
Je marcherai tranquille à travers ses cohortes.

OZIAS

Croyez-vous donc, Judith, qu'il se laisse toucher ?

JUDITH

Je crois... J'ai mon dessein, mais je dois le cacher...
Demandez au Seigneur que sa main me soutienne...
Respectez mon secret, jusqu'à ce que je vienne
Vous dire, en vous priant de m'ouvrir de nouveau,
Ce que voulait de moi la droite du Très-Haut.

Puligny, 10 août 1872

LA NUIT DE L'AME

———

A Madame Th...

Qui n'a pas chancelé sur le bord de l'abîme?...
Quelle âme lasse enfin de se sentir victime,
Ne se souvenant plus pourquoi l'on est ici
N'a pas maudit un jour ce qu'elle avait béni?...
— C'était un sombre soir, un de ces soirs funèbres
Où le cœur comme l'air se remplit de ténèbres,
Où l'on veille en rêvant sur un livre accoudé...
Longtemps avec fureur l'orage avait grondé
Et j'avais écouté bruire la rafale
Elevant par moments sa clameur triomphale
Puis abaissant sa voix ainsi que pour gémir.
Enfin tout s'était tu : seul un morne soupir
Un sanglot étouffé rompait le grand silence...
L'orage intérieur battait la conscience...
Immobile et muet j'écoutais plein d'effroi
L'hymne désespéré qui se chantait en moi!

Sombre abîme du cœur qui te creuses sans cesse,
Tristesse qui toujours enfantes ta tristesse
      Quel œil humain te sondera?...
Dans un gouffre sans fond je vois tomber ma vie :

Vertige de l'angoisse, ô lugubre folie,
Qui donc jamais t'arrêtera?...

Voici le jour qui vient... voici la nuit qui tombe...
Je sens le même ennui : sous le faix je succombe!...
Hélas! C'est encore à mon tour!
Encor se replier, s'affaisser sur soi-même...
Encor agoniser et pousser un blasphème
Qui voudrait être un cri d'amour.

J'écoute par moments les échos des symboles
Les hymnes des croyants, mais toutes ces paroles
Passent sur moi sans m'éclairer...
Et je sens dans mon sein mille et mille pensées
Se heurter avec bruit, confuses et pressées
Comme pour s'entre dévorer...

Que faire? que penser? que vouloir? Tout s'écroule!...
Aujourd'hui c'est le calme et demain c'est la houle
Qui monte plus haut que jamais!
Quelquefois l'horizon s'éclaircit, on espère...
Puis la nuit se refait.... pour l'œil, plus de lumière,
Pour le pauvre cœur plus de paix!...

J'ai choisi cependant la loi la plus sévère...
J'ai suivi jusqu'en haut le chemin du Calvaire,
Dans le roc j'ai planté ma croix;
J'ai livré mes deux bras aux clous qui les déchirent...
J'ai bu le fiel, ô Christ, et ceux qui te maudirent
M'ont insulté plus d'une fois!

Du haut de mon gibet, j'ai vu mon héritage
Joué par des valets qui s'en font le partage
Avec des mains rouges de sang!

Tu n'avais près de toi qu'un seul de tes apôtres...
J'ai vu fuir tous les miens les uns après les autres...
    Que faut-il de plus, Dieu Puissant!...

. . . .

Pour le prendre à témoin de ma longue agonie,
Lui montrer mon calice où renaissait la lie,
Lui demander raison et le mettre au défi,
Je m'avançai soudain aux pieds du crucifix...
Je regardai son cœur entr'ouvert par la lance
En murmurant : Le mien souffre aussi violence,
Il a senti passer et le fer et le feu,
Pourtant c'est un cœur d'homme et non le cœur d'un Dieu!. .
J'allais continuer... mais je vis sa paupière
Qui s'ouvrait tout à coup... un rayon de lumière
Illumina son front qui parut resplendir...
Puis j'entendis sa voix qui me fit tressaillir :
Elle disait : Mon fils, la paix que tu réclames
Je l'ai promise un jour et je la donne aux âmes ;
Mais il faut, pour l'avoir, être humble dans la foi,
Patient dans l'épreuve et muet comme moi !

Abbeville, 15 juillet 1874.

TRISTESSE

———

Quand le vieillard touchant au but de la carrière
Se retourne en jetant un regard en arrière...
Quand il voit que bonheur, jouissances, plaisirs,
Enivrement d'amour, tout... trompe nos désirs...
Quand il sait que tout fuit, que tout meurt, que tout passe,
Que ce que l'homme écrit incessamment s'efface,
Qu'il ne reste de nous qu'un nom bientôt perdu,
Un écho dans le bruit immense confondu,
Un sillon que le vent recouvre de poussière,
Un rayon éclipsé par une autre lumière...
Il peut, sans injustice, avant de s'endormir
Du grand sommeil des morts, qu'il sent déjà venir,
Maudire ce néant qu'on appelle la vie
Et rejeter la coupe en en trouvant la lie !...

Mais moi ! moi dont les jours si peu nombreux encor
Disent que mon esquif vient de quitter le port,
Moi qui n'ai pas senti ruisseler l'onde amère
Sur mon front tiède encor des baisers de ma mère,
Moi qui semble n'avoir compté que des printemps,
Moi que rien n'a flétri, moi qui n'ai pas vingt ans...

Pourquoi suis-je si las de marcher et de vivre?...
Pourquoi près du chemin que je ne puis plus suivre
Me suis-je laissé choir, sans espoir, sans amour,
Le front pâle et courbé, les yeux fermés au jour?...

Ah ! c'est qu'au premier pas on devine la route,
C'est qu'on sent le breuvage à la première goutte,
C'est que le premier jour révèle l'avenir,
C'est que si j'ai souffert, je dois encor souffrir!...

12 octobre 1872

PENSÉE DE LONGFELLOW

Ne me répétez plus : « La vie est un vain rêve,
Qui, troublant le sommeil, laisse quand il s'achève
    Un regret amer dans le cœur ! »
Je le sens, je ne suis pas seulement poussière,
Et tout n'est pas fini quand une lourde pierre
    Pèse sur le front du lutteur !

C'est pour un noble but que Dieu nous a fait vivre !
Le chemin est tracé, pourquoi ne pas le suivre ?
    Pourquoi s'arrêter à pleurer ?...
La justice à chacun vient dispenser sa tâche.
Restons-y jusqu'au soir ! il n'appartient qu'au lâche
    De la laisser sans l'achever !...

Allons, sans nous troubler, sans mesurer l'espace ;
Aux rivages du temps il faut laisser sa trace !...
    Là-haut, dans le ciel bleu
Un astre luit au front de quiconque chemine...
Marchons ! Nous avons tous un cœur dans la poitrine
    Et tous sur notre tête un Dieu !

12 octobre 1872.

TABLE

Le Mans. — Imp. CH. BLANCHET, rue Gambetta, 6.